とちのはな

句集

橡の花

廣瀬町子
Hirose Machiko

角川書店

句集　橡の花／目次

装丁　神田昇和

句集

橡の花

平成十七年――十九年

一一六句

平成十七年

詩を書くといふささやきも月下にて

翔ぶ前の種びつしりと草の絮

残菊の括られて香を放ちゐる

杉谷のむかう日当たる柚子の村

存分に尾張の国の石蕗日和

温もりを寄せ合つてゐる枇杷の花

惜命忌木の間に一つ星仰ぎ

待つてゐる靴音木の葉ころがる音

返り花嫗ふり返りては話す

枯草の道枯山へ吸はれゆく

綿虫が老人とをさな子に蹤き

十二月八日ゆく水よどみなし

平成十八年

普段着のままの顔出す初写真

梅の枝に鴉来てゐる鏡割

山々は目瞑りゐたり初氷

焚火囲みてやはらかな顔となる

思ひ出は問はず語りに雪が降る

青空のはじめ乳いろ春兆す

冴返る老師遺墨の達磨図も

春潮に双手ひろげて海の上

林中のどこに置きても春の椅子

草摘んでゆつくりと行くどこまでゆく

春眠の媼にほほ笑みが浮ぶ

一株は隣家へアスパラガス根分

大安吉日春雪の富士仰ぎ

駅長の挙手ひるがへるつばくらめ

シアトルの人を迎へる春の富士

トウシューズターンいくたび春の宵

郭公や耳冴えてくる森の木々

声出して橡の花芽を数へゐる

夕河鹿田水見にゆく父に蹤き

雁坂へ抜ける街道虹立てり

葉隠れに虫の息する大暑かな

丘陵へ家累々の暑さかな

生きてゐる限り水辺の草取りに

南無妙法蓮華小室山百合ひらく

空蟬に朝が来てまた夜が来る

落ちてゆくのみの鮎の眼何を見る

大鯉の流されてゐる秋思かな

平泉　二句

みちのくに毛越寺あり牛蛙

栄華まぼろし眼前の括り萩

透きとほる雲に声ある蛇笏の忌

藪からし刈つてひらめくものが欲し

どの花のどこに添へても吾亦紅

大露の夜は会津の絵蠟燭

秋冷や紺紙金泥経ひらく

眠りては醒めて葡萄を剪りにゆく

高野山　五句

十六夜の高野鉾杉闇を出づ

墓二十萬照り翳る秋の雲

踏み入りし熊野古《ふる》道《みち》けらつつき

秋もはやしぐれ来て去る御影堂

冷まじや空海廟へ運ぶ膳

ひとしきり近江しぐれて曼殊沙華

カシミヤコートぴつしりと草虱

木枯一号まつ青な葉を飛ばす

掴むものの端からこぼれ日短し

篆刻の文字朱の色小春かな

葉牡丹の大渦小渦年詰まる

遥かなる闇抜けて来し初明り

平成十九年

初日射す駆け出しさうな赤い靴

初便りハワイの海にあそびしと

古だるまより大き眼の達磨買ふ

冬の沼見てゐて何も生まれざる

陽をあびて精一杯のつららかな

走り抜けたるは山火か狐火か

火渡りの行者の呪文雪解風

きさらぎの日矢木に草に遊ぶ子に

椿餅和服ばかりの茶会席

俯いてゐる顔あげよすみれ草

龍太先生永眠　六句

玉椿寝息聞こえてきさうなり

瞑目のふかき影ある春ともし

春の雁見送る涙こぼすまじ

寝姿の凜と如月尽きにける

逝きし日の月に辛夷の花ひらく

見《まみ》えたる五十有余年二月尽く

ふるさとは水八方に蛙鳴く

旭川　二句

そよ風のあとの空耳おぼろ月

楠若葉風が光つて吹きすぎし

富良野・美瑛　五句

植田そよげば全面の十勝岳

初夏の大地草取る人ひとり

伸びて刈り伸びては刈られ草ロール

朝凪の海とホテルの大鏡

拓真館訪へば蹤きくる蝦夷春蟬

黒南風の橋渡りゆく傘一つ

ころがつて翔ぶ椋鳥の巣立かな

被さつてくる草分けて夏の川

青蜥蜴尼僧の衣ひるがへり

高村光太郎展

高村光太郎涼風の男かな

毛虫ぶらぶら梅雨明けが近し

白桔梗一輪何よりも涼し

ためらひのふつ切れてゐる瀧の前

逢へばすぐ病の話梅雨茸

押し合つて青柚子育つ屋敷神

人を待つ水のほとりの白日傘

うごめいて毛虫焼かるる火が爆ぜる

毛虫挟んでいつぱしの男の子

木に草に紛れず翔んで梅雨の蝶

梅雨に釣る一本足の案山子とぞ

青空のかくもあをきか原爆忌

後山の風爽涼と魂迎へ

月射して棚田百枚水落す

遡る月日真つ赤な曼殊沙華

七草のひとつひとつの子規忌かな

水落し来て老農夫眠るなり

そばの花突兀と裏八ヶ岳

篆刻の般若心経曼殊沙華

栗飯や戦に散りし叔父ひとり

梅檀の実の金色に小鳥来る

日の暮れの鰯雲から鳥こぼれ

勝頼公終焉の寺初しぐれ

冬はじめひとり歩きに水の音

虎落笛ぶつかつていくものが欲し
燃ゆるものあればひろがる焚火の輪
侘助挿すうらおもてなき日和かな

納骨の肩に瞼に雪螢

遍照の冬日線刻摩崖仏

平成二十年―二十二年

一三七句

平成二十年

落慶の檜の香檜の色寒日和

風花や欅も橡も天突く樹

捨てきれぬもの捨つるべし春の海

浅き春守り袋をふところに
在りし日の立居振舞辛夷咲く
やはらかく日暮れ来てゐる土佐水木

龍天に登りて龍太居士眠る

水上げてゐる草も木も龍太の忌

句を作る子が散らばつて梅の花

縁談を持つて来てゐる春炬燵

春暁の花のにほひが戸口まで

思ひきり翔べ臆病な雀の子

叔母さまの形身の小袖藤の花

ひそひそと竹の葉が降ることば降る

あしたより遠嶺けぶらひ藤切会

青梅を捥ぐ口開けて背伸びして

パナマ帽の父の手招き巴里祭

産土の大樹夏の日夏の影

真つ白な日傘素通る松林

くるくる廻す目印の白日傘

嫌な癖ばかり似てくる半夏雨

若き日の手紙一途に我鬼忌なり

風鈴を吊つてますます子ら遠し

モリアオガエル産卵の目を瞑る

駅の名は日野春オオムラサキが舞ふ

オオムラサキの羽化乗り出して見てゐる子

国蝶の蛹ぶらぶらうすみどり

晩節を尽せと蟬の鳴きしきる

不器用を通して踊る輪の中に

星一つ踊り納めて月一つ

葉脈のやうに川ある星月夜

文月の花活けてある文机

紅葉且つ散る水源に鯉潜み

詫間貴さん　二句

秋惜しむ登山姿の遺影なり

稲妻や骨壺に骨盛り上り

降つてまた空深くなる神無月

小六月山女魚の型の箸置も

小春富士浮んでゐたる龍太展

返り花赤い夕陽を呼びゐたり

一叢の竹のまみどり枯木山

紙鉄砲鳴らして十夜詣かな

身一つを曝して冬の欅立つ

平成二十一年

極太のことば短かに初便り

寒鯉の尾鰭ゆらりと風の空

忍野八海

鷺飛び立つて湧水の村に雪

炉語りのいまや佳境といふべかり

野火を見し瞼のあたりぴくぴくと

公園の歪む椅子より春蚊出づ

龍太師三回忌

山辛夷咲けばこだまのそこかしこ

丸山哲郎氏を悼む

きさらぎやかの日細身のベレー帽

なにも言はずに墓に来て遅日かな

春北風木の香放ちて木臼売る

こんもりと経塚古墳木の芽風

遅日かな老婆ふたりのあいさつも

あかるさは日暮れの空の土佐水木

別れ霜あたたかく日の登りくる

春昼の何の涙ぞ阿修羅像

川風に森が応へて立夏かな

思ひ出すまで新緑のなかに佇つ

出会ひ頭に鼬ふりむく青嵐

青嶺より水現はれて鋼色

石垣の蜥蜴瑠璃色目くらまし

柿の花すこし淋しき人の顔

札幌　三句

梅雨冷の人すれすれに北の鳶

散り敷いてポプラの絮毛生臭き

はしどいの花に蜂群れ北の国

かまきりの子が迷ひ込む炎暑かな

コーヒーを淹れ雷鳴を聞いてをり

ばつた追ふ子のひらひらの赤い服

姉のかげいもうとの影秋彼岸

林立の竹のまみどり蛇笏の忌

肥後　五句

坊守も杜氏も女傑豊の秋

寺宝ゆうれい図名残の蟬鳴けり

急流に棹さす人も肥後の秋

澄みきつて並ぶ新酒の仕込樽

秋高し樹齢不詳の御神木

送葬の鐘鳴つてゐる散紅葉

素堂碑を撫でて風過ぐ小六月

燻りても燃えあがりても年の暮

赤子抱く人抜けて来る冬積

侘助の白夕凍みのひかりかな

村上賢一さんを悼む

歳晩の月上げ廣海大和尚

平成二十二年

床柱拭きあげて年あらたまる

鏡餅野にひとすぢのけもの道

引き当てし神籤末吉松七日

風孕む高嶺ばかりぞ吉書揚

冬花火ころげ落ちたる枝雀

寒茜月日とどまるところなし

剪定の音あをぞらへ地の神へ

天神の細道いまも梅の花

桜餅草餅新婚を招き

師系いまここに集ひて辛夷咲く

花のある方へ道ある佛生会

あるほどの花に埋もれて佛生会

やはらかく雨降つてゐる若楓

あをあをと山が応へて初郭公

約束は約束のまま牡丹散る

ずぶ濡れの花のくれなゐ半夏生

すこしづつ諦めてゐる青葉木菟

弟　三句

会ひにゆく青葉の山をいくつ越え

病状の一喜一憂走り梅雨

とつておきの笑顔なりけり梅雨に病む

ふつ切れぬものを抱へて青田径

母に会へさうな青田のうねりかな

煮えきらぬ話の団扇もてあそぶ

句汁院青銅満月の蟹歩む

桃の紅日が輝いて通りけり

声かけてたたむ幌幕野分あと

延命の札揺れてゐる厄日かな

曝されて二百十日の虫の殻

四万十川吟行　六句

仲秋の四万十川に会ひにゆく

九月かな竹林を水越えし跡
流れゆくもの追ひかけて秋の旅
爽涼と不器男の遺墨草の花

合掌の像を拝して一遍忌

鰯雲南無阿弥陀仏唱へられ

子規記念館

寝ながらに画く蔓草と鶏頭と

竹伐って竹に新酒をなみなみと

蛇笏忌のひとりひとりに山の音

山廬秋寝釈迦のやうな雲ひとつ

秋海棠忌日の山廬晴れわたり

逝くひとに黄金びかりの稲架襖

木の洞に雨のしみ込む文化の日

けらつつき森の奥まで晴れわたり

露の世の露置く花も縁かな

ひよどりが突つき散らして実南天

赤城しぐれてはらからの墳墓の地

枯枝を折つてひとりつきりの音

冬眠を起こしはせぬか山鴉

炭継いでゐる鴇いろの山明り

白鳥の眠りを粉雪が包む

朴落葉いま居し人が居なくなる

こんにやくを煮てふるさとが遠くなる

島と島結ぶ橋の灯小六月

梁に居座つてゐる風邪の神

臘八会動かざる山八方に

年詰まる泣き出しさうな山明り

平成二十三年—二十五年

八十一句

平成二十三年

繭玉や誰も帰らぬ神棚に

春嶺のこの明るさを余命とも

躓かぬやうに歩けば牡丹の芽

大公寺吟行　二句

霞して猿が墓石を倒すといふ

千手千眼法堂の春の冷

春の雲道に迷へるごとくなり

桃の花ももいろ何が起こりても

うららかやたましひ風になるといふ

夏つばめ人立つてゐる崖の縁

滴りの岩なめらかに飴色に

傍らに鎌と手拭滴れる

七月や音して遮断機が下りる

納骨の西本願寺蟬しぐれ

雁渡しどこへも行かぬ木が立てり

いぼむしりこの道をゆく他はなく

交はりし誰彼とほし暮の秋
話したきことは山ほど霜が降る
こまごまと一葉の文返り花

綿虫を追ひかけて母追ひかけて

躓きし小石も遺跡小春かな

石も手を合はせてゐたる小春かな

日の射してゐる床の間の冬至柚子

年惜しむ四方に雲なき嶺の数

平成二十四年

正月も五日の風に神詣で

足元に朝が来てゐる冬木の芽

待春や一日一歩前へ前へ

せせらぎは先生のころ春のころ

言葉いま探してゐたり土佐水木

山かけて風荒々し蘆の角

春暁のひとりには広すぎる家

瓦礫いま埋め尽くさんと春の草

方言のとび交つてゐる花曇

桜咲く夜が明けてまた夜が来て

しみじみと山に田畑に春の雨

風鈴が鳴つてこの家に誰もゐず

リハビリの顔桔梗の前通る

大甕に山の花挿す蛇笏の忌

行く秋や悲喜呑み込んでゆく水に

「郭公」創刊　二句

蓑虫の蓑まぎれなき山河あり

頰杖のひと遠く見て冬日和

落葉降る留まるすべもなく降れり

平成二十五年

初夢のくちなは迷ひなく進む

文読んでゐる立春の談話室

梅一輪二輪指先が伸びる

身の自由不自由梅の花にほふ

龍太忌

七回りして満月の花辛夷

思ひ出の数ほど咲いて山辛夷

呼ぶこゑのまつすぐに来る涅槃西風

春泥に転びやすくて空を見る

空深く花びらが降ることば降る

春の土踏んでひかりの中にゐる

竹の秋いつとなく人住み替はり
神官の裾に飛び付き春の泥
語りたき何か朧の月明り

鳥雲に呼んで還らぬものの数

復元の甘草屋敷雛まつり

古き書を旅してゐたり亀鳴けり

声《しやう》明《みやう》のかたまり落つる花の谿

立ち上がるその手の力若葉風

薫風や茶席へうぐいす廊下踏み

薄暑光水を掠めて飛ぶ鳥も

五月闇ひとりの茶碗洗ふ音

ゆつくりと待つことに馴れ夏木立

形代の涙ぽとぽと雨雫
富士山の裾野に生まれ子かまきり
とつおいつ通ふ道なり雲の峰

麻痺の手が絵を画くリハビリ室真夏

日川高校甲子園初勝利

新涼の校歌かの地にふるさとに

ひたすらに草むしりをり原爆忌

十六夜の病室に挿す山の花

星一つ二つひぐらし鳴きにけり

行く水も行き交ふ雲も白露かな

とんぼうの眼玉大きな夕日に向き

聴くことは待つことと月を待つやうに

車椅子から手が伸びて熟柿享く

麻痺といふ手足遣る方なく冬へ

振り向いて近づいて冬桜かな

ぎりぎりの言葉飛び出す冬日向

はるかなるもの追ひかけて冬銀河

枯野星駆け抜けしもの何々ぞ

一畝の青菜も霜のひかりかな

平成二十六年—二十八年

一〇一句

平成二十六年

講中のお札作りも小正月

指舐めて頁繰る音日脚伸ぶ

立春の雪花びらを置くやうに

拵へしやうに富士ある二月かな

ふくらんで二羽の鳩居る寒の明け

梅が香や屈みて結ぶ靴の紐

山茱萸の黄のとびとびに雪解光

轟きて大屋根を雪落つる音

病室に笑ひさざめく花菜漬

ふるさとは水の底まで春夕焼

花菜漬庭師は松を見て話す

藤房に手をさしのべて車椅子

折れしまま花つけし木も五月かな

さまざまな絵馬煽らるる青嵐

薫風や甲斐絹織り込む筬の音

むんむんと土用芽の鬱空の鬱

梔子の花おもむろにものを言ふ

葭切のギョウギョウギギシと雛育つ

辛棒の芯立つてゐる夏欅

噛むことは生きてゐること百合匂ふ

会ひにゆく小径滴るばかりなり

七月や大木の根に蟻巣くひ

大樹いま瞑目のとき夕焼雲

一つ家に月射してゐる晩夏かな

土砂降りの雨の七夕飾りかな

呑み込みしもろもろのこゑ葉月潮

何もかも忘れたき刻添水鳴る

足元が冷たい雁の渡るころ
秋の螢飛んで木の精水の精
いま出来ることをしてゐる吾亦紅

草虱いつぱい途方に暮れてゐる

鴉騒げば無花果の実が裂ける

呼び合うて山彦かへる秋の山

国褒めの詩立ちあがる小春かな

小六月言祝ぎのこゑ地へ空へ

ままならぬ愚痴聞いてゐる風邪心地

石蕗の花一日一日を惜しみ

散り際のいのちくれなゐ冬紅葉

しんしんと冬ものの怪の通りたる

大年の芽を揚げてゐる橡大樹

平成二十七年

あけぼのや雪平に噴く薺粥

魚捌く指ひらひらと寒九かな

降りしきる雪の花とも魔物とも

寒明ける病ひ寄り添ふごとくなり

畑へ出て隣家と話す犬ふぐり

東風吹けり途切れ途切れのことば出て
みづうみは赤銅《あかがね》いろに蜆取り
あの人もこの人も逝き亀鳴けり

夕東風や夫婦が畑から帰る

車椅子押して見にゆく春の鴨

柳の芽人ごゐさざなみのやうに

行けるだけ行く川風に柳絮とび

邂逅のなみだ溢るる弥生かな

初燕ひるがへるたび雪の嶺

縄文の土偶千体春霞

藤咲いて大釜の煮え立つてゐる

八十八夜弔電を打つてゐる

白球が青葉の闇を抜けてくる

菖蒲湯を浴びあを臭き男の子なり

帰る人見送つてゐる雪解富士

すぐそこに郭公のこゑ夫のこゑ

青嵐明日のことは明日のこと

病人の爪切つてゐる朝曇り

空が憂し晴れてまた憂し梅雨の花

とほくから呼ぶ声がする白木槿

山住みの風入れてゐる盆用意

盆の草刈ればからころ下駄の音

秋冷の刀傷ある床柱

三森鉄治さんを悼む

月今宵語ればば時を忘れけり

穴惑ひぽかんと抜けるやうな空

白髪の幼馴染が霧を来る

帰り花四方の山脈透きとほり

水辺りの高層ホテル冬紅葉

くり返す祈りのことば日記果つ

平成二十八年

いま生きてゐる人日の日空あり

帰り来るひとにひらきて梅の花

せりなづなごぎやうはこべら八十路過ぐ

軒先も向うの山も囀れり

芽吹く樹に囲まれてゐるリハビリ室

野火走る走る消防士が走る

春の道きのうより今日歩く数

子狐の駆け抜けてゆく末黒の野
囀りやことば失くしてゐるものに
あをぞらのその日のままに花辛夷

万愚節大鯉の飛び跳ねてゐる

すこやかな寝息してゐる日永かな

登校の坊主頭と葱坊主

竹川武子さんを悼む

先頭の園長先生夏帽子

草笛を吹いて帰らぬ人を呼ぶ

照り翳り三日見ぬ間の青葡萄

青嵐鶴折つてゐる指の先

幹ねぢれねぢれて柘榴花ざかり

草取つて端から草に埋もれて

夏木盛んに大空へ次の世へ

郭公の声の躓く日昏れの木

前を行く人呑まれたる大夏野

百合の香やまつ直ぐに人立たしめよ

指ひとつひとつがひらく涼しき日

二度三度花にこだはり黒揚羽

濁流に鷺一羽立つ野分後
秋霞連なる嶺も歳月も

平成二十九年―三十一年・令和元年

七十七句

平成二十九年

諦めぬために飛び立つ初鴉

いま置きし餅を咥へて寒鴉

待春の病室に夫置いて来し

時ならぬ雪落椿落椿

泣いて笑って病室のシクラメン

咲きそめし花の一心不乱かな

祝竣工

俳諧堂と満開の花辛夷

くしやくしやの顔して泣いて藤の花

風五月土手を親しき人が来る

よく動く庭師の鋏五月来る

蟇出会ひ頭の大きな眼

鳥けもの人踏む土の明易し

梅雨の花握手して顔くしやくしやに

からからの風吹いてゐる合歓の花

草刈つて刈つてどこまで草の中

対岸の村呑み込んで大夕立

シマヘビがぬるりと抜ける屋敷神

地図になき山道を行く秋燕忌

芒穂に出て長身の少女達

秋が逝く金子兜太の決断も

柘榴割れ赤子よく泣き良く笑ひ

ガラス戸に葉つぱの影絵秋深む

病人の溜息朴の実が真つ赤

見透してゐる梟の大きな目

天井に張りついてゐる風邪の神

一木の影伸びてゐる冬の川

平成三十年

ひたすらに待つのみの家初日射す

鏡餅あの人もこの人も遥か

氏神の餅を銜へて初鴉

春雪やがくと膝関節の変

玉椿花は笑つたまま落つる

八方に鳥の眼のある木の芽山

梅咲いて辻の丸石道祖神

夫逝く　二句

春嵐今はの息の途切れんと

握る手の冷えゆく春の夜の嵐

兜太逝く春の雪舞ふ甲武信嶽

釈尊の花の中なる七七忌

すぐそこに夫の声ある藤の花

まつすぐに夏野を行けり振り向かず

橡の花見上げるもう居ないひと
少しづつ忘れ忘れず梅は実に
朴咲いて主は遠出してゐたり

葭切の鳴きしきるなり墓域なり

黒揚羽つかず離れず墓の前

短夜の遠くから来る下駄の音

明易き膝の痛みは生きる痛み

薔薇白しきのうのごとくむかしあり

木も草も見てゐる人も大夕焼

どの樹にも御霊来てゐる盆の家

ばつさりと髪切り落す白露かな

露ふふむ名残の草の匂ひかな

死を生を諾ひながら秋が行く

秋夕焼生きよ生きよと橡大樹

枯れてゆくものに日当たる深空あり

返り花人待つてゐる静かな時

雪螢少女が唄ひながら来る

淋しさの極みのこゑか夕千鳥

平成三十一年・令和元年

きらめきて明日へはるかへ冬木の芽

白梅の一輪二輪遺影笑む

白梅紅梅満開の忌日なり

ぽんと肩叩かれてゐる春の夢

種蒔いて墓へひところ掛けてゆく

夫のこゑしてゐる藤の花盛り

雲連れて雲の影ゆく花は葉に

古刹いま夕日の色の白牡丹

新しき元号令和五月来る

切り倒す檜の匂ひ薄暑光

刈る草の香の生臭さ日暮れまで

何してもひとりはひとり梅雨寒し

よく噛んで噛んで呑み込む小夕焼

朝の富士むらさき宮城野萩の花

実椿の弾けんばかり蛇笏の忌

実南天すとんと闇の下りてくる

柿剝いて吊つて近づく嶽の数

新雪の甲斐駒ヶ嶽水冴

閃閃と木の葉しぐれの薬師堂

雪婆この道いづこまで続く

令和二年—五年

八十八句

令和二年

寒昴遠くから来るひとを待つ

戸締りをしたかと羽搏つ寒鴉

うららかやいま聞いたことすぐ忘れ

日の当たる山四方にある龍太の忌

大祥忌梅の花咲く空遥か

春暁の脈打つてゐる指の先

桜咲く父に父の座子に子の座

牡丹の芽風がくちづけして通る

蟻穴を出て真つ新な日を浴びる

巣籠りのこゑひそやかにしたたかに

青葡萄鳥啼き交はし鳴き交はし

河童忌や山からの雨ざんざ降り

芥川龍之介忌山中の螢飛ぶ

百合ひらく手を差し伸べてゐるやうに

はたた神駈け下る水風孕み

桃熟るるむんむん雲の湧く日なり

星ひとつひとつまたたく虫時雨

一人には一人の暮らし桔梗咲く

産土に墓域隣りて曼殊沙華

躓いて見る夕映の秋の富士

書くひとの影伸びてゐる秋日和

直立の鶏頭雲の影過る

霜月の山襞ひとつづつ鮮た

冬木坂あのひともこのひとも居ない

日当たつて枯蟷螂の目が動く

小春かな山のあなたの空を恋ひ

先を行くひと追ひかけて冬木道

令和三年

初夢の傍らにある息遣ひ

やすらぎの山そこにある青木の実

追悼

雪の嶺仰ぎて栗田ひろし亡き

春を待ついくたび皺の手を洗ひ

冬銀河駆け抜けてゆくもの何ぞ

野火猛る走る地の神水の神

ものの芽に風のささやく深空あり
生誕百年紅白の梅ひらく
大声で呼ばれてゐたり春の空

ゆつくりと眠り給へと春の月

含み鳴く鳩山茱萸の黄が弾け

初蝶の巻き込まれたる旋風

マスクして盆地の春を語りゐる

スミレタンポポ歩き出す赤い靴

春蘭に首かたむけて石地蔵

樹齢二千年いのちの神代桜咲く

一歩また一歩踏み出す風五月

踏ん張つて野太きこゑを蟇

乾歌子さんを悼む

海紅豆その真ごころの真くれなゐ

倒れたる樹より飛び翔つ揚羽蝶

荒梅雨の真つ只中の草強し

富士晴れてむつと葡萄の花匂ふ

山峡の縁側茶房夏うぐひす

雷鳴の轟く介護施設の灯

雲の峰クレーンが伸びヘリが飛び
コロナ禍の誰も帰らぬ盆の家
訝して御魂迎へる秋の空

追ひつけぬまま追ひかけて赤とんぼ

西方の峯遥かなり秋彼岸

うしろから来る足音も秋の暮

柿剝いて吊つて濃くなる山の襞

草紅葉この先行けるところまで

霧に入り霧より出でて峠茶屋

大菩薩嶺立冬の日が登る

フルーツパーク満天の冬銀河

令和四年

剪定の音弾け飛ぶ扇状地

春あけぼの覚めてひとりきりの家

土竜塚ばかりむくむく春の雲

龍太の忌いま瞑目の山の春

骨と皮ばかりの老樹芽吹きゐる

加藤嘉風さんを悼む
真つ直ぐにものの見るこころ落椿

木霊言霊天辺の橡の花

涼しさやどこ歩きても小黒坂

中込誠子さんを悼む

しなやかな声も仕草も百合の花

農兵の駈け抜けし径草苺

立葵歩け歩けと療法士

極楽鳥花真夏の太陽を捉へ

合流の瀬音轟く大暑かな

萩原天香さんを悼む

黄菊白菊貫きし道一筋

影ひとつひとつ地にある秋思かな

令和五年

去年今年空のまほらを渡る雲

暁の富士くれなゐに初御空

初春の星空が降る山の国

春よ来い海の向かうも足元も

春暁の訝師のこゑ夫のこゑ
地靄立つ桃の花芽のくれなゐに
踏み締める土潤へり春めけり

こゑが聞きたい雲靡く春の空

春の満月花粉が包むひかりの輪

深悼　黒田杏子様

花影の噫杏子さん無二のひと

橡の花山の向かうに山聳え

句集　橡の花　畢

あとがき

この一集は平成十七年秋から令和五年の春まで、十九年間の作品六百句を収めた私の第四句集です。

「白露」創刊を記念して植えられた橡の木が、真っ直ぐ幹を伸ばして大樹になり樹上に見事な花を咲かせます。その花の風情にあやかるように句集名と致しました。

この年月は、龍太先生との永別、そして夫との別れ、親しい方々との別れが続くひたすら耐え忍ぶ日々を重ねましたが、多くの皆様に支えられ、俳句の力を支えにこれからも一日一日を大事に歩んでいきたく存じます。

句集刊行に際しましては、角川文化振興財団「俳句」編集部の石川一郎編集長を始め、書籍編集部の皆様には細やかなご配慮をいただきました。深く感謝申し上げます。また「郭公」の井上康明主宰には、身に余る帯文を賜りました。心より感謝申し上げます。

令和六年二月

廣瀬町子

初句索引（五十音順）

あ行

か行

さ行

た行

ま行

や行

ら行

わ行

著者略歴

廣瀬町子（ひろせ まちこ）

昭和10年　山梨県生まれ

昭和30年　「雲母」入会　飯田蛇笏、飯田龍太両先生に師事

昭和53年　「雲母」同人

平成 3 年　第15回雲母選賞受賞

平成 4 年　「雲母」終刊

平成 5 年　「白露」創刊同人

昭和62年　句集『花房』（花神社）

平成 8 年　句集『夕紅葉』（花神社）

平成18年　句集『山明り』（花神社）

平成24年　「白露」終刊

平成25年　「郭公」創刊同人

句集　橡の花　とちのはな

初版発行　2024年2月15日

著　者　廣瀬町子
発行者　石川一郎
発　行　公益財団法人 角川文化振興財団
〒359-0023 埼玉県所沢市東所沢和田3-31-3
ところざわサクラタウン 角川武蔵野ミュージアム
電話 050-1742-0634
https://www.kadokawa-zaidan.or.jp/
発　売　株式会社 KADOKAWA
〒102-8177 東京都千代田区富士見2-13-3
電話 0570-002-301（ナビダイヤル）
https://www.kadokawa.co.jp/
印刷製本　中央精版印刷株式会社

落丁・乱丁本はご面倒でも下記KADOKAWA購入窓口にご連絡下さい。
送料は小社負担でお取り替えいたします。古書店で購入したものについては、お取り替えできません。
電話 0570-002-008（土日祝日を除く10時〜13時 / 14時〜17時）
 ISBN978-4-04-884565-6　C0092